KB265096

꿈꾸지 않는 날들의 슬픔

꿈꾸지 않는 날들의 슬픔

꿈꾸지 않는 날들의 슬픔

이학영 시집

문학들

　지금도 내 생의 첫 기억의 뜨락에는 뒤안 울타리 너머 무리무리 피어나던 하얀 사과꽃으로 가득 차 있습니다. 그런 꽃길 따라 처음 세상길 나서면서 어딘가 빛나는 생이 기다릴 것만 같은 예감에 가슴은 뛰고 설레었습니다. 내내 아름다운 것들을 꿈꾸는 시인이 되고자 했습니다. 그러나 세상의 바람은 매서웠고 꽃처럼 살고자 했던 꿈은 무참히 스러져 흘러갔습니다. 이룰 수 없는 욕망처럼 살아있는 날들이 슬퍼질 때, 때묻은 거리에서 함께 부대끼며 살아가는 오늘 이 순간들, 그리고 바로 내 앞에 서 있는 당신이 비로소 사랑임을 깨닫습니다. 내 온 존재를 받아 준, 내가 사랑한 세상, 내가 사랑한 당신에게 뼈만 남은 엉성한 시 몇 편을 바칩니다.

2009년 세밑
이학영

차례

제1부

겨울 산 바라보니

세상의 모든 것들
꿈꾸던 날이 지나면
새들도 날개를 접듯이
나무도 풀도 날개를 접는다

줄기만으로 서 있다
생각만으로 서 있다

그 움직이지 않는 천지에
그 막막한 흰 눈의 천지에

잎 져 내린 나무줄기마다
검게 드러나는 까치집들
따뜻한 골짜기로 올라가는
문을 열고 있다

겨울, 도꼬마리

내 그럴듯한 성장도
지나고 보면 저렇듯
숱한 가시열매였던가

도꼬마리
우북한 웅덩이거나
버려진 돌무더기 속에서도
무성한 잎사귀로 꿈꾸었다

이제 바람 센 겨울 언덕
어느 짐승이 지나가다가
눈부신 햇살의 기억들을
옮겨줄 것인가

웅크리고 묻어둘
가슴 하나 없어
별이 떠도 얼음꽃처럼
가시 끝이 아리다

겨울, 온정리溫井里

천 년 전쯤에 날아 내려온 까마귀들이
개울가에 지붕을 이루었다

그래서 지금도 날마다
금강산 쪽에서 산 그림자들이 내려와
드문드문 밥 짓는 마을을 뒤덮는다

별빛을 불빛 삼아
또 한 천년 잠들어도 좋을 바위들이
아이들처럼 개울바닥에 누워 있고

진종일 송곳썰매를 타다 돌아간 아이들은
꿈에서도 청둥오리들처럼
얼음물살을 가르고

어두워도 어느 깊은 곳에선가
따뜻한 물이 솟구치고 있을
겨울, 온정리

도요새

새 중에 도요새라는 이름의 새가 있다
도요새라고 해서 다 같은 것이 아니어서
그 생김새와 크기에 따라
·민물도요, 세가락도요, 마도요, 흑꼬리도요
이름도 색색가지 꽃처럼 제 각각 다른데
대충 두 손으로 안으면 연꽃 봉우리만한 것부터
달밤에 피는 하얀 목련 송우리만한 것까지 있는데
손으로 들어 올리면 그거나 그거나 거지반
달걀 하나 정도 무게라는데
그것들이 찬바람 불어오는 먼 시베리아에서부터 날
아와
내 사는 동네 가까운 바닷가에 내려 쉬며 배를 채우
다가
눈발 내리기 전에 다시 떠올라 싱가포르까지 날아간
다
한 이레 정도 쉬지 않고 까마득한 바다 위를 날아간
다
거기서 한번 더 내려 배를 채우고 몸을 추스른 다음

다시 이레를 날아 오스트레일리아까지 날아간다
달걀보다 가벼운 것
아니 연꽃보다 가볍고 목련보다 가벼운 것
달밤에 마당 입구에 내리비치는 달빛보다 가벼운 것
그것들이 한 점 획을 그으며 드넓은 대양을 날아간다
아하, 내 사는 곳 가까운 바다에
아직도 그런 꿈꾸는 것들이 살고 있다니
아직도 무언가를 그리며
허공, 그 막막함 속을
날아가는 것들이 있다니

세계가 만약 하나의 집안이라면

세계가 하나의 집안이라면
난 하늘 같은 솥을 하나 걸겠어
한쪽 발은 히말라야 봉우리에 걸치고
다른 한쪽 발은 안데스 산줄기에 걸치고
그 커다란 솥단지에
산봉우리처럼 가득 하얀 쌀을 들이붓고
온 세상의 아이들더러
마른 나뭇가지를 주워오라고 해서
따뜻한 불을 지펴 밥을 지으며
옛날이야기를 해주고 싶어
애들아
만약 우리들의 아버지가 하나라면
이 밥을 지어서
누구는 주고 누구는 굶주리게 하겠니?
누구는 따뜻한 방에 재우고
누구는 길바닥이나 들판에서 추위에 떨게 하겠니?
그 이야기를 들으며
하얀 쌀밥으로 배를 채운 세상의 모든 아이들이

어느덧 쌔근쌔근 잠이 들 테지
하나의 집, 하나의 아버지를 꿈꾸며
내일도 어김없이 주어질
따뜻한 쌀밥을 꿈꾸며
안심하고 깊은 잠에 떨어질 테지

쓰레기 매립장에 와서

나날이 잊혀져가고 있구나, 나는
오늘도 변함없이 지는 해를 보내며
또 한 차례 그림자 같은 기다림을 버린다
저렇게 뒹구는 숱한 몸짓들도
한때는 눈부신 열정이었으리라
헤드라이트가 빠진 채 나뒹구는 자동차보다도
내 눈자위는 너무 깊고 캄캄하구나
돌이킬 수가 없다
한번 흘러가버린 것들은 그 무엇도
다시는 제 모습 제 자리로 돌아갈 수 없다
누가 한때의 영광을 기억이나 하랴
차라리 썩지 않음으로 비참하여라
까마귀 떼 내리듯 어둠의 그물이 내린다
썩어 흙으로 돌아갈 수 없는 영혼들은
이제 영원히 안식을 찾지 못하리라
학살당한 주검처럼 한때의 욕망에 살해당한 것들
죽어서도 서로의 상처에 칼날을 들이대며
계곡 가득히 울부짖고 있는 것들

나도 이렇게 점점 잊힌 것이 되어
허물어지는 얼굴을 감싸 안고 있구나
이제 아무런 회신이 없어
먼 무중력의 궤도 위에 버려진 로켓처럼
나는 또 어느 텅 빈 우주의 회랑으로 흘러갈거나

구름병아리 난蘭

야생 약초만을 찾아다니며 연구하는 황 교수로부터
지리산 노고단 지나 장터목 가는 그 어름 어디에서
구름병아리 난을 보았다는 이야기를 들은 적이 있다
난이란 놈들은 다스운 남쪽 바닷가에만 자라는 것인
데
어떻게 그놈들이 거기까지 올라가 살고 있는지 모르
겠다고
평생 식생植生만 연구하는 그도 고개를 갸웃거리는
거였다
난 중에서도 아주 보기 힘든 난이라는데
누구한테든 알려주면 그나마 몇 촉 안 되는 것들
모두 사라질 것만 같아 안 알려준다던
황 교수의 마음씨는 묻지 않아도 잘 알 수 있겠는데
참 희한한 일이다, 난 그놈들을
노고단에만 가면 만날 수 있을 것 같으니 말이다
해가 떠오르기 전에 산 아래로 퍼져 내려가는
구름바다雲海를 따라가다 보면
조막손 같은 맹감나무 줄기나 싸리 덤불 속 같은 곳

에서
　　막 잠 깨어 삐약삐약 소리를 내며
　　날개를 세우고 나타날 것만 같으니 말이다
　　그래서 요즘 나는 구례 하동 섬진강 길을 달릴 때마
다
　　남들이 모르는 또 하나 비밀을 즐기고 있다

가문 날, 저 당당한 푸르름

가문 날에 여우비 내리자
기다렸다는 듯이
동네 할머니들
함지박 가득
뭔가 푸른 것 이고 들로 간다

저거 뭐지
저 청청 흔들리는 것
물 젖은 코고무신 미끄럽지도 않은지
굽은 허리 아프지도 않은지
구불구불 논두렁길
꼿꼿이 잘도 이고 가시네

이제 겨우 땅심을 잡은
보타진 나락논 넘어
보리타작 끝난 밭으로
부려지는 함지박들
아하, 보리 거둔

밭고랑에 심을랑가

먼지 풀풀 피던 밭둑에
치렁치렁 고개 내미는
고구마 순
저 당당한 푸르름이라니

머윗대, 그 푸른 그늘 아래

고향 가까이 지나는 길에
어머니 계시던 고향집에 들렀다
마당 귀퉁이 생울타리 아래
머위 순이 차일 치듯 가득하고
해거리하는지
꽃도 피지 않은 감나무 밑에
한참을 앉아 있다가
국거리나 베어가리라 하고
거기 무성한 머윗대 숲에 들어갔다가
삼밭처럼 엉클어진
두충나무 여린 가지 사이
골무만한 새집 속에서
몇 개 뱁새 알을 보았다
머위 순보다 하늘빛보다 더 부드러운
옥빛으로 은은한 뱁새 알을 보았다
작은 날개 팔락이며
어디 샘가에 마실이라도 나갔는지
알을 품던 어미 새 보이지 않고

햇살 부신 대낮 머윗대 숲
그 아득한 물빛 푸르름에 취해
한참을 앉아 하늘 우러르다가
행여 어미새 돌아올세라
베어둔 머윗대 제 자리에 세워두고
엉덩이 뒤로 밀며 물러나왔다

와온臥溫* 갯벌에 와서

바다로 둘러싼 산줄기들이
뭍이여 물이여 경계도 없이
참선에 든 스님처럼
쪽빛 어둠 속으로 잦아들 때쯤
미처 산 날망을 넘어가지 못한
빛의 새끼들을
길게 드러누운 뻘밭이 거두어 주었다
지느러미들을 쓸어주고
여린 부리들을 간질여 주고
다시는 더 받아줄 데 없는
세상의 온갖 잡동사니
구정물을 받았다가
갈대밭 사이로 퍼렇게 눈 뜨는
아침 바다를 낳기 위해
머리 풀어헤치고 누워 있는
바다의 젖가슴
오는 것들 무엇 하나 마다하지 않고
별 빛 몇 점 머리 위에 빛나게도 하는

당신의 몸은 따뜻하다

* 순천만 어귀의 동네 이름

노을, 그 아름다운 잔해

서쪽 바다 위에 걸린 산 날망들이
치자 물 바랜 이불 호청을
거두어들이기 전에

진종일 사금파리 눈으로 쏘아보던 갈치 떼들이
난 바다 금빛 지느러미들을 잘라먹고
툭 툭 손잡이도 없는 칼날을 던지며 사라지기 전에

길이란 모든 길에서 날아오른 되새 떼들이
반짝반짝 하늘가에 바람을 타다 되돌아가
언덕마다 하얀 삐비꽃들을 잠재우기 전에

투덕투덕 발걸음 떼지 말게나
어느 외진 소롯길인들
밟으면 부서지지 않을 그리움 한 조각 없을 거냐

장독대 위로 노을이 붉게 빛나서
조심스레 발 디디는 노인들의 굽은 등처럼

소멸, 그 아름다운 잔해 빛나오는 저녁

언젠가 내가 만주에 갈 수 있다면

내가 만약 언젠가
만주 땅에 갈 수 있다면
사람이 죽으면 언 땅에 묻고
돌이나 몇 개 눌러 덮어두고
돌아와 버린다는
가도 가도 끝이 안 보인다는
그 만주 땅에 갈 수 있다면
오랑캐 사람들을 찾아보고 싶다
기름 때 절은 단추걸이 옷을 입고
이제는 말도 핏줄도 잃고
어느 뒷골목에서
늙은 창녀처럼 퍼렇게 웃고 있을
오랑캐 여인들을 만나고 싶다
지는 날에도 꽃은 일찍 잠이 든다던가
잠든 것들은 아무도 돌아봐주지 않지
한때 영화로웠던 것
어떻게 소멸하고 있는가
소멸하는 것들은

어떻게 마지막을 준비하고 있는가
어느 날이든 만주 땅에 간다면
이제는 사라져
어느 길 끝에서도 찾아볼 수 없다는
머리 길게 땋아 늘인
마지막 오랑캐 여인을 찾아보고 싶다

휴일 아침 산책길

아침 산책길에
공동묘지에 앉아 신문을 읽는다
듬성듬성 피어 있던 달맞이꽃이
머금었던 이슬을 어쩌지 못해
꽃 이파리 채 오므리지 못하고 있는 시간
그 먼 땅 팔레스타인에선
또 얼마나 많은 목숨들이
떠나가고 있었을까
죽은 어린아이를 떼 매고 가는
신문 한 켠 사진 속의 관 위에
한 주먹 꽃송이들이 놓여 있다
통곡의 벽 그 너머 어디선가
달빛처럼 빛나고 있었을 꽃송이들

차도 아직 다니지 않는 이 아침
내 사는 세상 한 끝은 너무 평안하다
미안하다 미안하다

제2부

왕시루봉 원추리꽃

지난여름 지리산에 올랐다가
왕시루봉 산장 지키는 김보살이
점심이나 함께 하자기에 들렀더니
꽃에는 독이 없는 거라며
하얀 밥 위에
원추리꽃 몇 잎 뿌려
비벼주는 거라
참 황공할 일이었는데

이따금 사는 일
엉클어진 삼 바구리
스무 닷새 밤처럼 아득할 때
망연히 숨 모두어 눈감고 있노라면
문득 한 점 불빛인 양
꽃등 하나 환하게 비쳐오느니
달 뜨는 섬진강 바라보다
새벽 능선 이슬 털며 길 밝히던
원추리꽃 내 안에 피어나느니

서도역

그런 이름의 기차역이 있다
높은 산줄기들이 인근을 지나며 내려다보다가
어쩌다 누군가 보따리를 이고 내리기라도 하면
얼른 손 내밀어 짐이라도 들어다줄 것 같은
그러다가 나무판자로 가름장을 댄 화단에
보랏빛으로 피어나는 붓꽃 몇 송이에 눈이 팔려
서쪽 산길에 가두어둔 바람 선뜻 몰아다가
꽃송이 흔든답시고
졸던 개찰구 아저씨 모자까지 날리는
그래서 인근 물 잡힌 들판 가득 들어앉은
파란 산 그림자들도
덩달아 껄껄 웃으며 머리 흔들게 할 것 같은
그런 작은 기차역이
지리산 가차이 섬진 물줄기 흘러가는
그 어름 어디에 기다리고 있다
나는 그곳이 서도書道인지 서도西道인지 모른다
늘 그곳을 지날 때마다
언젠가 불쑥 그 역에 내려
푸른 서쪽 길로 사라지고 싶다는 생각뿐

눈은 푸른 강을 더욱 푸르게 하고

나무들은
제 가지에 쌓인 눈꽃보다도
날아오르는 새떼들이
더 눈부셨던가 보다
구례구 지나 섬진강
거슬러 올라가는 길
강가에 늘어선
은사시나무 숲이
일제히 흔들리며
금가루 은가루를 뿌린다
강물로 쏟아져 내린
눈꽃을
한 무리 새떼들이
내려앉으며 부리질 한다
시리지도 않은지
자꾸 고개를 들이밀며
푸른 강물을 더욱 푸르게 한다
오롯이 추운 계절의 슬픔 같은 것
강은 도무지 모른 체한다

느티나무여

벼락을 맞았구나 폭풍우 몰아치던 밤
아무도 보지 않는 그 들판에서
외마디 비명도 없이
목 부러지고 어깨 무너져 내렸구나
푸른 머리 당당하게 치켜들고
이 땅에 살아남는 일 죄악이었구나

녹아버린 혀
흘러내린 뜨거운 심장
숯덩이처럼 꺼멓게 타버려
텅 빈 등걸로 시린 겨울 지내더니
날아가 버린 부엉이가 다시 돌아오듯
봄 새벽 실눈으로
떠오르던 그믐달처럼

어디 생의 밑둥에선가
식지 않은 불덩이 웅크리고 있었던지
배냇짓하듯 여린 발로

툭툭 치며 새순 내미는 것들
잘린 혀 연둣빛 잎사귀로
수수천년 살아오나니

내리치는 벼락을 끌어안고
스러지기는커녕
되레 푸른 불꽃 삼켜버렸구나, 너는

문경 새재 아래서

삼년을 기약하고 전국 평화순례를 하신다는 도법 스
님을 뵈러 문경에 갔다가
사과밭으로 둘러싸인 산북면 김용리 마을회관에서
하루저녁을 묵었다
한밤중 소변이 마려워 회관마당으로 내려서는데
문득 신발장 위로, 금방 받아다 걸어놓은 듯
깨끗한 액자 하나 걸려 있어 보았더니, 표창장이더라
그것도 아주 오래 전에 받은 표창장이더라

　- 표창장
문경군 산북면 김용리 정재천
귀하는 거도적으로 추진한 새마을운동에 적극 참여
하여
아낌없는 지원과 열성적인 지도로서 내 고장 새마을
사업을
선도하고 지역개발에 이바지한 공이 크므로
이에 표창합니다.
1973년 12월 7일 경상북도지사 구자춘 -

박정희 장군의 시대

당시 잘나가던 구자춘 서울시장이 경상북도 도지사
도 했던가봐

날마다 새벽종이 울리면 골목으로 들판으로 퍼져가
던 노랫소리

잘살아보세, 잘살아보세

금방이라도 온 골짜기, 가득 울려 퍼질 듯한데

병풍처럼 둘러선 문경새재, 검은 하늘엔 별도 총총

사람은 없고 빈집들만 남아 가로등만 장승처럼 외로
우니

구자춘도 정재천도 없는 시대, 비어버린 시대 한가운
데

스님도 사과나무도 검은 개도 묻혀 잠든다

겨울 초입에 서서

세상에 헐거워진 문들이
삐걱거리고 있다

지난 시절은 행복했어
강물처럼 흐르기만 하면
돌아보지 않아도
가는 길 굽이굽이
파시波市 때, 흥청거리듯
번화한 포구들이
등불 내어걸고
기다릴 줄 알았어

소용돌이 바람 같은 것
짐작이나 했겠어?
순간에 불이 꺼지고
수습할 수 없는 거리마다
휩쓸려 내동댕이쳐진 간판들
색칠한 지붕들이

거적때기 두른
헛간만도 못한 것이었다니
뚫린 벽 사이로
눈발만 숭숭거리다니

이제
집 나간 사람들은
돌아오지 못하리
길 위에 서 있는 사람들
다시는 돌아가지 못하리

겨울아침 만경들 지나다가

솜리에서 태인 내려가는 길에
김제 만경 들판 지나가다가
한 무리 까마귀 떼를 만났다
서른 몇 해 만이었다

저승 언저리에라도 다녀왔을까
통 보이지 않다가
오늘은 또
어느 썩은 영혼을 데려가기라도 하려는지
쇠스랑으로 거름자리를 파 헤집듯
언 땅을 부리질 하며 파헤치고 있다

심장이건 눈동자건
썩은 것이면 무엇이건 쪼아대는
부리들
바라보니 내 눈두덩이가
띠앗하다

앞뒤 분간 못하고 바라보는데
뽕나무 검은 가지에 걸려 있던
희뿌연 해도
그 아침 내내 좀처럼 떠오를 기색이 없다
중천은 그저 뿌연 안개다

더는 뜨거울 것도 새로울 것도 없는
고루한 시절을 비웃기라도 하는 듯
검은 까마귀 떼들 세상 한쪽 파헤치고 있다
이리도 침침한 것이
저 새떼들 태양의 흑점이라도
파먹어버렸는지 모를 일이다

고적한 날

누워 있으려니
문득 산중 한가운데
고적하게 등 구부리고 있을
그대, 모습 그 뒤로 내리는
눈발을 본 거였지요
부랴부랴 길을 나섰습니다
두계 지나서던가요
정말 눈이 내렸습니다
곧이어 어둠이 창을 덮고
낮은 처마 아래
불빛들만 보이는 거였어요
모두 병아리마냥
다스운 가슴 붙안고
한 시절을 지나고 있었어요
평생 가슴에 불 한번
지펴보지 못한 것들만
글썽이는 눈물처럼
차창에 흔들리고 있었어요

눈물 한 방울 보일 수 없는 나
그리워할 그 누군가가
있다는 것만으로도
내내 축복 받아야 한다는 것처럼
눈이 내리고 있었어요, 하여
이렇듯 한밤을 달릴 수밖에요

솜리裡里, 그 언저리 지나며

늘 어둠 속에서 만날 수밖에 없었구나
밤늦은 시간, 낯선 역 빈 대합실에서
호야등불처럼 환한 얼굴로 다가오던 너
저 가이없는 들판 끝없이 따라오며
억새풀 마른 손짓으로 흔들리고 있구나

때론 노랗게 떨어지는 은행나무 잎사귀
그 위에 서 있는 것만으로도 휘황했고, 때론
창날처럼 앞가슴을 찌르며 달려드는 눈발에
벌겋게 피 흘리며 울부짖기도 했던
감당할 수 없던 우리 운명의 물굽이에서

너, 정정한 떡갈나무 검은 줄기처럼
드러나지 않아도 어디선가 윙윙거리며
찬바람 부는 세상 한 켠 붙들고 서 있어줄 때
무언가 기다릴 수 있다는 것만으로도
한 생生이 얼마나 위대할 수 있는가를 알았다

오늘, 겨울비 내리고 길도 저문 날
요령소리처럼 하늘가에
검은 새떼 떨어져 내리는데
이제 너 없는 세상에서도
기다릴 무엇이 또 있다는 것인지

빗발 내리 비끼는 유리창에 이마를 대고
뜨거운 것 치밀어 오르는 목구멍 깊숙이
마른 김밥 꾸역꾸역 잘도 삼키고 있구나
뼛속까지 내리는 비, 오한에 떨며
더는 그리울 것도 위대할 것도 없는
눈 먼 이 어둠의 세상 한 켠을 지나가고 있구나

한계령, 눈 내리는 날에

올라가니 낭떠러지더군
몰락한 어느 왕조의 유민들처럼
멀리 바다 쪽으로
눈보라 한 떼 몰려가고 있었어

벼랑 끝
비켜 선 참나무 등걸마다
바람은 도끼날로 텅텅거리고
가눌 수 없는 잔가지들은
도리깨 발에 자지러지는 보릿대처럼
비탈이란 비탈마다 아우성이었어

그때, 너는
휘황하게 불 밝힌 먼 도시에 있어
수화기 저 편으로
급하게 달려가는 차들의
빵빵거리는 소리가 들리더군
바쁘다는 듯 마름 기침으로 끊어지는 통화

그곳에도 눈이 오느냐고?
그래, 천지는 턱턱 막히는 눈사태다
하늘에 해의 길도 보이지 않는다
잘 있느냐, 잘 사느냐
오래된 것은 그 무엇도 견뎌낼 수 없는
마른 그 땅에도 눈이 내리느냐

천길 어둠 아래서
목젖까지 회오리쳐 오르는 눈발
도망이야 수 십 번이지
죽으려면 몇 번은 못 죽었겠어
비명처럼 혼절하였다가
다시 일어서는 나무들

이 밤은 또 어느 골짜기
매운바람에 쓸려갈거나

낮은 곳의 노래여

밤새 겨울비 내리고
지붕 없는 하늘가
날아가던 철새들은
모두 어디에서 밤을 지새웠을까
논두렁에 버려진 짚가리들도
젖은 몸 거두지 못해
잠 못 들었겠구나
개울가 찔레가시 마른 줄기마다
텅 빈 눈물들 들여다보인다
거기 누구 있어
노래 하나 불러주지 않으려나
이제는 들을 수 없는
낮은 땅에서 부르던 노래

마흔 넘으니
떠오르는 얼굴 많아진다

제3부

이제는 아득한 땅, 시골집에 와서

자다가
닭울음소리를 듣는다

머잖아, 혓바닥 깊숙이 낀 백태처럼
새벽이 아득한 눈 비비며 오리라

탱자나무가시 울 속에 잠든 참새들이
잠꼬대라도 하는 것처럼

새김질하다가 돌아누우며
워낭을 딸랑거리는 외양간 소처럼

토방 끝, 낯 붉은 갓 잎사귀에
싸락눈 떨어지는 소리를 들으며

알 수도 없는 침침한 시간 속을
처마보다 낮은 꿈에도 뒤척이나니

또 하나 마을에 불 꺼지고

뒷동산 대나무 숲 위로
불 지핀 싸리비를 흔들어댄 것처럼
별은 총총한데
그 아래 소처럼 눈감고 누워 있는 마을은
눈 내릴 날을 기다리는 감나무처럼
굴속 같은 동짓달 밤을 나고 있다
농약을 마시고 마당귀까지 나와 쓰러진
고샅 끝 광주댁을 묻고 온 날
홍시처럼 몇 점 켜지던 불빛들
아예 초저녁부터 보이지 않는다
아마 검은 강 어느 어귀까지
환하게 길 비춰주려고
바램 하러 갔는지도 모를 일이다
또 하나 마을에 불이 꺼졌다

고향 밥

이상타
어머니 계시는 고향 어귀에만 닿으면
뱃속이 출출해지며 입맛이 당긴다
풋나물 된장 버무리에도
주먹 같은 밥술이 당그레질 한다
바지춤 걷어 올리고 무논에 들어
호미질 후리던 큰 머슴처럼
낭창낭창 한나절거리 휘어 나꿔채며는
고봉밥도 맞바람에 풍풍 삭여 나가니
이상타, 그곳에만 가면
목구멍 가득 치밀어 오르는 솟증
간장거리던 도시의 입 짧은 배도
어느새 삽질이라도 할 양이다
쟁깃날에 썩썩 버혀
나자빠지는 햇살 내딛고
오늘은 검은 땅에 힘 한 번 써보겠다

거두어버린 손

겉보리 덕석 같더니만
홍시감 껍질같이 얇아져 버렸네
호미자루 하나면
묵은 뙤장밭도 떡고물처럼 거루시더니
매시랍던 손바닥 다 닳아져
놀짱놀짱 속이 다 훤히 비치네

새벽, 날리는 솔씨처럼
지절구 지절구 참새들 몰려와
창호지 여린 문살 어둠을 쪼아대도
희미한 기침으로 돌아누울 뿐
오목가슴 아래 모아 올린 두 손이
벗어 둔 코 고무신처럼 가지런하네

이제, 이슬 털며 들길 가지 못하시니
어둔 길 풀잎 밟으며
돌아오는 발소리 들을 수 없다
흙을 털어버린 손

어머니 호미자루 놓아버린 뒤
나는 영영 그 땅으로
돌아갈 길을 잃어버렸다

묵은 땅에 돌아와

그물처럼 내리는 산 그림자 따라
쏙독새가 울면 산을 내려왔단다, 에미는
부러진 낫날처럼
검은 소나무 가지 사이로
하얀 초승달이 실눈을 뜨면
쏘옥독 쏘오옥독
밤바람을 몰아오는 쏙독새 뒤에는
발자국도 그림자도 없는
호랑이가 따라 댕긴다고 하시던
새삼 어머니 그 말이 아니더라도
오늘은 쏙독새 울기 전에 산을 내려간다
내 대代에 버려둔 어머니 땅에 와서
미영 솜 하얗게 피던 밭고랑을 찾으러
진종일, 엉켜진 아카시아며
은사시나무뿌리를 캐다가
캐어내도 캐어내도 묵어진 뿌리에
더는 발등 채여 나아갈 수 없어
되려 우드둑 우드득

애꿎은 갈비뼈만 훑어 내리다가
오늘은 그만 산 내려간다
하마 해는 서방에 닿았으리
아카시아 은사시뿌리가
어디 묵은 땅에만 있으랴
한 세월 깊은 골짜기에 묻힌
애달픔이야 그리움 같은 것들
어둑신한 숲 속 길, 쏙독새 울음 따라
소리도 없이 발뒤축 밟아와
검은 머리채 휘어잡을 것만 같아
오늘도 쏙독새 울기 전에
산 내려간다

노을 지는 들길을 아이와 함께

일을 끝내고 돌아오면 아이를 자전거 뒤에 싣고
그렇지요, 아직 채 익기 전의 개복숭아처럼
알록달록한 모자도 하나 곱게 씌워서
저녁나절 변두리 들길을 달리고 싶습니다
숙주나물처럼 물러진 햇살이 자가웃 남짓
서녘 하늘에 남아 있을 때쯤이나요

모감지가 아직 패지 않은 동이 밴 벼포기들이
아그대대 배를 내밀고
물동이 이고 나서던
어릴 적 내 살던 고향 살구나무집 새색시 같은 몸짓
으로
저들끼리 뭐라 뭐라 속삭이다가
살짝 스치고 지나가는 제비 날갯짓에 제라서 놀라
고갤 들고 어디 가냐고
이 해 어스름에 어딜 가냐고 묻기도 하겠지요
그러면 아직 말도 다 못 배운 아이 녀석이
제라서 괜시리 무-무- 하며

대답인 듯 옹아리를 하기도 하겠지요

시오리 산 너머 길 학교에서 돌아오다
똥소매를 준 무를 뽑아먹고
채독이 걸려 퉁퉁 부은 얼굴로 나뒹굴던
언덕 저편으로
새각시 물 바랜 치맛자락인 듯 걸려 있던 노을마냥
가락 고운 노래라도 한 가락 뽑아보기도 할 양이면
누가 또 아나요, 재 넘어가던 해도 가던 길 멈추고
고갤 돌려 너웃너웃 한참 춤이나 출는지요

노랫소리에 어느덧 잠이 들어
아이의 기댄 얼굴이 등에 다스웁고
보랏빛 하늘 저 편으로 별 하나 떠오르면
가던 길 자전거 바퀴 다시 돌려 세우며
바라보면 들녘 한 가운데 새로 선 아파트가
신기루처럼 허옇게 떠오르기도 하겠지요
등불처럼 부끄러운 얼굴을 들고

저녁 지은 아내가 나와 기다리고 있겠지요
녀석을 뒤에 싣고 막힘없는 세상의 길을
한없이 달리고 싶은 내 소망은
오늘도 노을처럼 하늘 한 켠에 걸려 있습니다

겨울, 그 시린 밤에

살얼음
돌우물 가양에
바늘 끝처럼 돋고
별빛도 인조 옷고름인 양
시린 장독대 위에서
미끄러지는 밤에

북풍받이
뒤 곁 처마 끝에 매달려
매운바람 맞으며
순하게 제 빛을 다스려가던
무청 푸른 줄기
떠오른다

가끔은 나도 그렇게
말라가고 싶다

산골 일기

바위 아래 희끗희끗 잔설이 남은 뒷들로 나가
진종일 매화나무 잔가지들을 쳐주고 내려오는데
그새 둥지에 들었던지 산비둘기 몇 마리
발소리에 놀라 후드득 날아갑니다
고추밭 한가운데 마른 고춧대 사이에
황토 빛 포장을 둘러쓰고 누워 있던 경운기 위로
찢어진 비닐조각들도 까마귀 떼처럼
덩달아 풀풀 날아오릅니다
아무리 철이 이르기로서니
썩은 새끼줄이라도 두르고
어정거리는 사람 하나 없습니다
한 번도 와보지 않았던
유령들의 세상에나 온 것만 같습니다.
산줄기가 한 눈에 바라보이는
작은 묏등에 쭈그려 앉아
건너 산을 바라보면서 중얼거려봅니다
거기 할아버지도 할머니도 아버지도 누워 있는데
도대체 알 바 없다는 듯 말이 없습니다

아무도 거들떠보지 않습니다
예전에 마늘밭이었던지
왕겨를 덮어주지 않았는데도
언 땅을 뚫고 파란 촉들이 돋아나고 있습니다
돌아보지 않아도 봄은 오는데
거루어 묻힌 씨앗들을 가꾸어 줄
다스운 사람의 불빛은 어느 고샅에도 없습니다
"인자 눈이 그만 오실란갑다 달이 붉은 것이……"
금방 내려앉을 듯한 마을 한가운데 혼자 불을 켜는
여든 다섯 내 어머니 중얼거림에
후르륵 미역국을 떠 넣다가
치밀어 오르는 슬픔에 상을 물리고
마당귀에 나서니
음력 이월 보름달이 앞산에 올라옵니다
미친년 배만 부른다더니
속절없이 붉기만 한 달이 떠오릅니다

아들에게 보내는 편지

오늘도 전방부대 잠자는 막사에서 수류탄이 터져
잠자던 부대원 몇 명이 다쳐서 병원에 실려 갔다는
뉴스를 들었다
집안에 든 고양이 한 마리 쫓아내지 못해 살살 데리
고 놀다가
그만 제식구로 만들어버린 네가
그곳에 간 지 한 달 훈련받고
소총을 메고 마지막 경계선 산등성이에 서서
하루 종일 철책선 너머를 바라보고 있다니
믿어지지 않는구나
보이는 것은 온통 푸른 산 푸른 들판일 텐데
거기 어쩌다 노루나 고라니 한 마리
지나다닐 터인데
보이지도 않는 그 누군가를 향해
너는 총을 들고 진종일 해 아래 서 있겠지
들고 있는 그 물건이
한 순간에 너와 똑같은 어느 생명을 향해
발사되는 날

또 어느 아비와 어미의 가슴이 함께 무너져 내릴 텐
데
그럴 일 없으리란 믿음 하나로
무심히 마지막 경계선에 너를 보내고
들리는 건 날로 흉흉한 소식뿐
어느 날에나 국가라는 이름으로
당당히 총을 겨누는 경계선 사라지고
네 하얀 손 붙잡고 돌아올거나

동짓날 동사무소에 갔다가

동짓날
딸아이를 데리고
주민등록등본 떼러 동사무소에 갔다가
오줌이 마렵다기에
동사무소 앞 돌계단 아래 서 있는
먼지 낀 동백나무 아래 쭈그려 앉혀
뽀얀 엉덩이를 들치고 오줌을 뉘었다

이듬해 봄 어느 날인가
그 동사무소 앞을 지나가다가
돌계단 앞에서 피어나는
동백꽃 무더기를 보았는데
꽃잎마다 낯 붉은 햇살들이
자꾸 뭐라 뭐라 웃으며
아는 체를 하는 것 아닌가

아하 그때 그 녀석들이로군
건너편 옥상 너머로 넘어가던 햇살들이

멋모르고 부끄러운 듯 훔쳐보다가
뜨거운 딸아이 오줌발에 휘감겨
동백나무 뿌리 아래 쓸려 들어갔던 그 놈들
날 풀리자 이제 푸른 줄기 타고
겨우겨우 빠져나와 저렇게 빛나고 있는 것을

동짓날

해는 벌써
저 아래 남방南方으로
내려가 버렸다

지난여름
손톱 끝에 물들여 두었던
봉숭아꽃 붉은 달이
마지막 어둠 속으로
빠지려 한다

인적 끊긴 마을 앞으로
텅 빈 군내버스가 지나가면
헐거워진 문풍지를
이마에 댄 흙벽처럼
동백 몇 송이
찬바람 속에 떨고

제 동면의 움 속으로

돌아가지 못한 것들만 남아
내내 한 계절 떠돌고 있을 것이다

제4부

입동 무렵

나무들은
겨울의 골짜기로 들어가기 전
먼 어둠의 길로 들어서기 전
행복했던 추억들만 추려서
가지란 모든 가지에
매어달고 간다
열을 지어 간다
꽃등인 양 환하게 불 켜들고 간다
허방에 빠질 일도 없으려니
사뭇 외롭지도 않으려니
잔치 열린 궁궐의 담 길처럼
나 또한 그렇게 가리라
손이며 머리에 노랗고 붉은
빛나는 추억의 잎사귀만
가득 내어달고 가리라

문지방처럼 닳아지는 나이

이빨이 시리다, 어느 날부터
여름밤 어둔 길을 가다가
토끼풀 하얀 꽃 무덤을 만나듯 섬뜩하다
지하도 계단에 웅크리고 있던 사내가
불쑥 올려다보던 눈빛처럼 뜨끔하다
찬 것이건 뜨거운 것이건 마찬가지다
아무 것이나 덥석 깨어 물 수가 없다
경계가 없어져 버렸다
이제 목 메일 일도
사무칠 일도 없을 것인가
빈 들판을 지나다가
시퍼런 무밭을 지나치듯
낡은 시간도 다가올 시간도
무연히 바라보고만 있어야 할 것인가
마흔도 문지방처럼 닳아진 나이
이제 무언가 깨무는 일이 무섭다

내 안의 바다

마침내 제재소 원형 톱날 앞으로
밀려들어가는 통나무처럼
둥그런 시티 촬영기 속으로
내 몸뚱어리가 밀려들어갈 때
보이지 않는 빛의 칼날이
온 몸을 무 채 썰듯이
잘게 자르며 지나갈 때
갑자기 내 몸 안쪽 깊은 곳에서
바늘로 찌르듯 온몸을 깨우치며
서슬 퍼렇게 솟구쳐 일어서는 것들
미역처럼 가닥가닥 흩어지기도 하다가
해파리처럼 톡톡 쏘기도 하면서
살려 달라고 살려 달라고
소리치는 것들
내 안에 나도 몰랐던
먼 옛날 떠나온 원시의 바다가
푸른 비늘처럼 일어서고 있었다

부석사 무량수전 참배

사과 알이 붉은 등처럼 환한
새벽 과수원 길을 지나서
안개 낀 황토마당을
바짓가랑이 쓸며 들어서니
절 아래 마을에서
꼬리 긴 장닭이 홰를 치며
울기라도 하는지
법당을 둘러싼 가을 나무들이
단청의 꽃잎처럼
쏟아져 내리고 있었다
그 아래
천년을 기다린 너른 바위도
어디 다른 세상으로나 날아가려 했던지
추녀 끝 한 자락 끌어당기며
막 일어서고 있었다
터오는 햇살에 돛단배처럼
멀리 산줄기들 흘러가느니
나도 이제 저 바위처럼

툭툭 털며
먼 길 떠날 차비라도 해야 할 모양

꿈을 꾼다는 것은

오랜만에
옛날 순창에서 자랄 때
어머니를 따라 장터에 갔던 꿈을 꾸었다
그런데 거기엔.
함께 국민학교에 다녔던 아이들은 물론
순창 사람도 아닌
광주에서 대학 다닐 때
내 자취방에 몸 하나만 가지고 와
아까운 쌀을 축내던 손인근 씨도 보이고
신혼 초 아내가 하던 학원에
더부살이 머슴처럼 일할 때 가르쳤던
속을 썩이던 경상도 어디선가 온
눈이 큰 그 녀석도 나오고
일부러 술래잡기라도 끝난 듯
마치 게 바구니에서
꾸역꾸역 빠져 나오는 게들처럼
때도 장소도 상관없이
보고 싶었던 많은 사람들이

한꺼번에 몰려나온다
이런 날은 홍자 만난 것이다
꿈은 그렇듯 언제나
어물전 바닥처럼 어지럽고 흥겹다

꿈꾸지 않는 날들의 슬픔

지나간 날들보다 오지 않는 날들을 꿈꾸는 것이 행복
한 시절이 있었다

느티나무 아래서 하늘을 쳐다보며 흔들리는 작은 잎
사귀들이

언젠가 다가올 내 미래의 찬란한 순간들이라고 생각
하며 행복하였다

그러나 언제부터인가 나는 더 이상 찬란한 미래를 꿈
꾸지 않는다

이젠 꿈꾸는 것이 두렵다

다가가면 멀리 달아나는 무지개처럼 달콤한 꿈은 순
간에 사라지고

눈을 뜨면 현실은 늘 푹 파인 포탄자국처럼 검은 입
을 벌리며 비웃고 있었다

처참한 꿈이었다

이제 도리어 눈감고 지나간 시절을 되돌아보는 것이
행복하다

볕드는 상엿집 흙담에 기대어 낮잠을 자면서도 미소
를 짓던 거지처럼

남루했지만 찾아가면 남은 밥 한 양푼을 내어주던 시
절이 그립다

목마르면 아무데 개울에나 머리 처박고 꿀꺽꿀꺽 물
마시던 그 날들이 그립다

한때 나는, 다가올 시간들을 기다리는 설렘으로 살았
지만

이제 더는 기다리지 않는다, 탐욕이 목 끝까지 가득
찬 시절이야

가봐야 그 끝이 어떻게 끝날 것인가를 짐작할 수 있
으므로

다 이루었다, 나는

다 이루었다, 그 봄날 나는
물오르던 버들강아지 덤불 늪 속에서
새끼들을 잉태하고자 짝을 찾는
맹꽁이 울음 가득하던 그 밤에
희열에 들 뜬 몸으로
쏟아지는 별밭 아래
소쿠리를 들이대고
잘 익은 살구를 털어내듯
온 생을 지펴온 잉걸불을 털어
밤 내 네 잠들지 않는
골짜기에 쏟아 붓고 있을 때
마침내 이슬 내리는 새벽이 와
송글송글 맺힌 땀방울
잎사귀마다 서늘하게 식혀
은빛 가득한 은사시나무숲을 이루게 하고
그 이슬 털며 총총 사라지는
네 발소리를 들으면서
생각했다, 이제 다 이루었노라고

억새처럼 제 살끼리 부딪혀 씻겨
베이듯 아리는 가을밤이 올지라도
타오르던 불꽃
송이송이 기억만으로도
더는 절정을 꿈꾸지 않을 것이라고

내 삭정이 같은 나날

지저분한 집오리 떼들이
뒤집어 놓은 황톳물처럼
정리할 수 없던 내 삶 위에도
사랑은 있었던가
참으로 설렘은 있었던가

아직도 열망은
단정한 내 웃음과 깨끗한 옷섶 아래서
겨울잠 자는 짐승처럼 고갤 묻고 있는데
돌아서면 무너진 시멘트집처럼
초겨울 바람에도 숭숭 날리나니

나는 더 이상 달구어지지 않아
사과처럼 겉만 붉게 빛났다가
바닥도 없이 식어버리는
한 시절의 뜨거움
속 깊은 곳은 이제 어두움뿐이야

그리움 없는 욕정은 비애일 뿐
그래도 시간은 흐르고
아닌 척 체념하며 살아가지만
그것이 죽음의 벽이라는 걸 잘 알지
그래서 나는 이미 한 시절 전에
삭정이처럼 죽어버린 사내라는 것도

가을의 편지

그만 돌아가고 싶어
해가 기울수록 더욱 길어지는
도시의 그림자 아래서
내 열망은
뜨거울수록 불임이었어
점령군처럼
어디선가 보급을 받지 않으면
하루도 지탱할 수 없는 성채에서
언제까지 휘황한 꽃불로
피어날 수 있으리라 생각했었다니

이제 맨발로 내려서서
따뜻한 땅의 기운과
풀잎의 서늘한 흔들림에
잊혔던 속살의 부드러움 채우며
삐비꽃 허옇게 쓸리는 저물 무렵
누름쟁이 떼 뛰어오름에
잘게 부서지는 은빛 물결이거나

모래 틈에 알을 품던 물총새가
추추추추 물깃을 치며
낮게 나는 강가에 서서
은은하게 빛나는 것들 바라보며
저물어가고 싶어

그 여린 빛에 비추어서야
내 비로소 빛나오는

넝쿨 찔레

달빛 아래
육탈된 혼백들이 스러지고 있다

물 잡힌 논둑 너머
아장사리 떼 울음처럼
개구리 소리 가득하고

검은 소나무 숲 등걸 사이로
휘청거리듯 흔들리는
하얀 치마폭들

허깨비를 보았던가
미망의 길섶에서

끊어진 골짜기거나 으슥한 뒷길마다
너는 늘 그렇게 쭈그려 앉아
무너지고 있으니

어디선가 후드득
날아오르는 새 한 마리
불현듯 뒷덜미가 서늘하다

기도

지나온 길을 다시는 재우쳐
돌아갈 수 없음을 잘 알고 있습니다.
그 어떤 열망과 지혜로도
돌이킬 수 없는 것이 있다는 것을
한때나마 저 빛나는 태양을 바라보며
고통 없이 숨 쉴 수 있었던 것
한 순간일망정
과분한 사랑을 나누고
열애의 밤을 지낼 수 있었던 것
그리고 꽃잎 같은 작은 씨앗들을
이 지상에 남기고 갈 수 있다는 것
이 모든 것이 내게 과분한 축복이라는 것을
잘 알고 있습니다

그러나 아직도 이른 봄날
종달이 울음처럼 아지랑이처럼
수선스러우면서도 아련하게
내 깊은 곳에서 피어오르며

분란을 일으키는 이 설렘은 또 무엇인지요
마셔도 가시지 않는 갈증
버릴래도 솟구치는 이 욕망의 실체
마지막 능선이 바라보이는 이 언덕에서
얼마나 나는 더 흔들려야 하는지요

이제 놓아버릴 것 놓을 줄 알게 하시고
돌아갈 때 돌아갈 줄 알게 하소서
내 기억했던 모든 것
해진 창호지 문살처럼
숭숭 다 날리고 가게 하소서
그리하여 어느 별엔가
닿기도 전에 스러지는 유성처럼
이 그리움의 끝자락
흩어져 사라지게 하소서

나는 너무나 많은 것들을
사랑하려고 했습니다

귀가

별을 보고 돌아온다
돌아올 곳이 있다는 것은
늘 마음 든든한 일이다
보지 않아도 내딛는 앞길이 훤하다
시커먼 하수구 구멍 옆에 나와 기다리는
옆집 고양이의 눈빛까지도 선연하다

그러나 나는 이 길을 돌아오기 위해
얼마나 많은 것들을 버려야 했던가
떠나야 할 시간에
늘 떠나지 못하고
만나야 할 수많은 것들
만나지 못하면서

오늘 내가 이룬 것
이루어 껴안고
연연해하는 이 모든 것
첨단과 정점의 산마루에서

먼발치만 바라보고 달려온 길들
어쩌면 허공일지도 몰라
돌아서면 문득
천 길 낭떠러지일지도 몰라

끝이 없는 강물의 소용돌이
물결무늬로 퍼져나가는 시간 속에
지울래야 지울 수 없는 상처들
얼마나 나는 잊고 살아오는 것인가
불현듯
앞길이 캄캄하다

그립다 그립다 말고

김장 기다리는 무 밭처럼
늦가을 들녘 한가운데 남아
기러기 떼 따라 내리는 찬바람을 맞으며
내 생은 아직도
푸른 강물에 발 담그고 있다만
그리운 것들은 벌써 건너편 산자락에 올라있구나

부르면 늘 그곳에 있거니
발등만 바라보며 걸어왔는데
그새 저만치 억새 등으로 쪼그리고 앉아
머리 흔들다가 때로 손사래 치다가
마침내 작고 작아져서 새털처럼 가벼워져서
반짝거리는 순간으로 빛나고 있구나

이제 더는 그리운 것들 그립다 말 것
억새처럼 뺨 부비며
지는 햇살 쓸어안을 것

제5부

서울 길

늦은 밤차를 타고 올라가는 길
스무날 밤 어중간한 조각달이
어머니처럼 흰 고무신 끌며
하늘 한 켠에 따라 온다
가끔 골짜기를 지날 때면
소피라도 보려는지 잠깐 사라졌다가
어느새 들판 끝으로
희뿌연 인조 치맛자락을 끌며 따라온다
새벽녘 차에 내려
산동네 가파른 길 오를 때까지
순간도 눈 떼지 않고 따라오더니
일 나가는 사람들
시멘트 골목길 툭툭 차며 내려오자
그제야 어디론가 사라졌다
능소화 꽃잎 같은 하늘 한 자락 남겨두고

금목서, 꽃 핀다 꽃 핀다 하더니

금목서
꽃 핀다 꽃 핀다
하더니

금목서
꽃 진다 꽃 진다
하네

지는 꽃이라도
보랴 하고
찾아갔더니

길 위엔 벌써 가을
금빛 햇살뿐
꽃 보러 오라던 이
자취도 없고

금목서

꽃 진 자리
천리향만 가득하네

서울 편지 1
－늦은 밤, 방배역을 지나며

나도 한 때는 쫓기는 몸이었다
차라리 그렇게 누워 있으면
아니 눈 감았으면 좋으리라
그러면서
숨 가쁘게 헐떡거릴 때가 있었다
사람 끊긴 늦은 밤
돌계단에 누워 있는 사내여
내 동전 하나가
당신에게 무슨 새로운 시작일 수 있겠는가
절망에 짓눌려 내려오는 계단
쨍그랑 동전 떨어지는 소리
찢어진 청바지를 입은 청년 하나
술기운에 불그레한 얼굴로
씩 웃으며 지나간다
세상 한가운데
때로 관통하는 작은 구멍들이 있긴 있는 것일까

소설小雪, 그 언저리

입동 지난 거리
지하철 공사장
하루 일도 끝나고
어디 남방에서라도 왔는지
얼굴 검은 사내 두엇이
녹슨 철골조더미 위를 건너간다
조심스럽다
안전모 위에 비낀 햇살이 순간 반짝인다
길가의 은행나무 잎사귀들, 돌연
학교 파한 아이들이 쏟아져 나오듯이
떨어져 내린다
인적 드문 공사장 언저리
하늘에서 쏟아져 내려오는 것들
처음 보기라도 하는 듯이
한참 올려다보다가 제 길을 간다
이 바람 끝 어디멘가
또 다른 무엇들이 날아오고 있는지
그들은 모를 게다

남산에 단풍이 들면

시월도 그새 끝물로 들어
남산 공원까지 내려온 가을이
장닭처럼 홰쳐 오르며 날개 펼치는 아침
전장에 나가는 군마처럼
검은 갑주를 입은 가랏말들이
알록달록한 꽁지 깃털 하나씩 가슴에 달고
시청역 지하도 가득 밀려갔다가
진종일 어느 황량한 빌딩 숲을 쏘다녔던지
어둠이 깔리면 둘씩 셋씩 비척거리며
제 돌아갈 처소를 찾아
저녁 강처럼 발소리 잦아든
지하역으로 내려간다
인천행 마지막 전철이
우르릉 우르릉 시멘트 바닥을
뒤흔들고 사라질 때쯤
어느 거친 세상의 발굽에 치었을까
돌아가 몸 뉘일 곳마저 없어져버린
비루먹은 말들이 드문드문 누워 있다

사람 끊긴 지하역, 기둥 바람막이 삼아
식어 돌덩이처럼 굳어진 어깨 뒤척이다가
빛바랜 단풍잎 꽃담요에
뺨 부비기도 하다가

여행에서 돌아와서

난 한때 눈 쌓인 산봉우리를 돌아오기도 했다
거기 뜨거운 해 아래서도 녹지 않는 눈들이 있어
일상이 일상만이 아님을 배웠다
늘 변하지 않고 지키는 것이 있음을

한때 잔디밭 위로 붉은 주먹처럼 늘어진
장미꽃 담장을 지닌 푸른 마을을 지난 적 있었다
가장 안온한 모습으로 사람들이 잠들었다가
부스스 눈떠서 애벌레처럼 몸을 꼬무락거리는

지상에 빛나는 것들이 있음을
지상에 안온한 언덕이 있음을
지상에 평화롭게 꿈꾸는 골목도 있음을
보았다, 그러나

아직도 사막은 몰아오고 모래바람은 생나무를 할퀴
어 말리고
집이 묻히고 생명도 묻히는 그 어느 고비사막 같은

세상이 있어서, 그곳이 곧 내 돌아갈 길이라는 것을
알았다
내가 돌아와 누워 숨 쉬는 곳
그곳이 내 우주의 한 가운데라는 것을 알았다

서울 편지 2

– 쉬는 날 사무실 창가에서

이런 날이면 도심은 빈 우주선이다
불 꺼진 건물들만 비를 맞으며
발사 시간을 기다리는 듯
부동자세로 서 있다
해가 져도 눈에 파란 불을 켜며
일어나는 짐승들도 없다
내려다보이는 옥상들이
파젯날 마당보다 슬프다
되돌아보지 않는 기억처럼
녹슨 것들만 버려져 비를 맞고 있다
사람은 가고 흔적만 남은 공간들
다시는 마주볼 수 없는 눈빛만
유령처럼 허공에 남아 흔들리느니
텅 빈 내 육신의 집 수습하여
이제 또 어느 세상으로 날아갈거나

서울 편지 3

영광은 끝나고
곤룡포 자락으로 황토 거리를 휩쓸던 날들의
깃발과 길군악 취타 소리도 사라지고
노란 은행나무 잎사귀 몇 잎 나뒹구는
동십자각 지하도 돌계단을 내려가며
사라진 왕조를 그리워하는 것이냐
비끼는 가을빛이 눈부시다
이제 뒤돌아보지 않아도 이 길 걸을 수 있으니
좋아졌는가 총창 같은 눈초리들 사라졌으니
이 휴일의 오후 나는 나른한 걸음으로
문 닫힌 고궁의 담을 돌아가며
아직도 몇 척 담처럼 앞길이 막막하니
왕도 대감도 모두 사라진 거리에서
서울은 이제 눈부신가
화려한가

선인장

뼈 마디마디에 가시가 돋고 있다
밤 내 연둣빛 잎사귀라 꿈꾸었던 것들이
해만 뜨면 거친 가시로 변하고 만다
물 말라버린 아스팔트 길
언제부터였던가
모래 바람 속에 서있는 일

이 도시에서 나는 더 이상
무성한 잎사귀를 피워낼 수 없다
더는 누구도 보듬어 줄 수도
쓰다듬어 줄 수도 없다
손 내밀 때마다 솟구치는 칼날들
바라보는 것마다 증오 투성이다

이러다간 언젠가 나부터 버혀 쓰러지리라
아니지, 그래도 이 취한 도시의 문전에서
누구든 멱살을 다잡아야 해
내 가시에 긁히고 패여

편히 잠들지 못하도록
누구의 집 벼랑박이건 헤집어야 해

뻗시디뻗신 마디마다
엉긴 피 꽃잎처럼 망울지는 밤
검은 빌딩 사이로
실눈 치켜뜨는
하얀 새벽달이
소쩍새 울던 무덤보다 더 무섭다

가을, 이 가을은

지금 하늘로
머리 두르고 있는 모든 것들은
기러기 날아 내리는 하늘 길 따라 수 천리
제 마음의 장롱 깊숙한 곳에 넣어둔
그리움의 오색채단을 끌어내어

세상의 가지란 가지에
초파일 절 마당처럼 늘여 걸고
합장 합장 또 합장
치자꽃물인 듯 이꽃물인 듯
노랗고 붉은 장명등을 내어달고 있다

퇴락한 내 어두운 골목에도
후박나무인 듯 은행나무인 듯
가로수 길 따라 걷노라면
샴 왕조의 황금사원처럼
금빛 신발 끄는 소리 휘황하니

천하는 지금
장엄불사 중

억새 들판

스러지고 나서야
드러나는 것들이 있다
잎 진 미루나무 위의
까치둥지가 그렇고
참나무 숲속
버려진 무덤이 그렇다

한 철 깃든 새들
꽁지 빠뜨리고 어디 갔나
퍼렇던 시절들이
볏짚처럼 바래고 나서야
억새꽃 은빛 깃털로
온 들판 메우고 있나니

자기 성찰과 정화의 시

박두규 시인

이학영 형의 이야기를 하려다 보니 두 개의 이야기가 떠오른다. 춘추전국시대 제자백가 중 쌍벽을 이뤘던 유가와 묵가에 관한 이야기인데, 하나는 묵가의 거자였던 복순에게 아들이 있었는데 그 아들이 살인을 했으나 진의 왕은 묵가의 위세와 복순을 보아 목숨을 살려주지만 복순은 '왕은 용서했으나 묵가는 용서할 수 없다' 며 아들을 처형한다는 이야기고, 또 하나는 임금의 아버지가 살인을 했을 때 만약 맹자 자신이 임금이라면 임금 자리를 버리고 몰래 아버지를 모시고 깊은 산으로 들어가 봉양하며 살겠다는 이야기다.

이 이야기는 공묵사상의 대치점을 상징적으로 보여

주는 것이기도 하지만 요즘 우리에게 적용하자면 사회적 삶과 개인적 삶의 대치점이라고도 할 수 있을 것이다. 사람은 누구나 한 세대를 살며 자기완성과 사회적 완성을 지향하며 산다고는 하지만 늘 어느 한 군데로 치우치며 조화도 없고 완결도 없는 삶을 마감하기 일쑤다. 물론 개인적 삶과 사회적 삶이 따로 있는 것은 아니지만 사람들은 그것을 함께 살지 못하고 사회보다는 개인 쪽으로 저울추가 기우는 것이 일반적이다. 그래서 개인과 사회의 삶이 혼융된 균형감각을 갖는 것은 매우 중요하다. 그런 탁월한 균형감각은 지식을 많이 쌓았다고 해서 생기는 것도 아니고 개인의 구체적 일상이 퇴적되면서 자연스럽게 형성된 삶의 총체적 감각이라고나 해야 할 것이다. 그동안 어떻게 살았느냐의 내용이 그 균형감각의 질을 결정하는 것이 아니겠는가.

이학영은 어쩌면 평등한 사랑(겸애)의 구체적 실천을 위해 목숨을 걸었던 반전평화주의자들인 묵가 쪽의 삶을 살았다고 해야 할 사람이고 20대부터 사회변혁운동에 몸담아 지금껏 한 30여 년 간 사회적 실천의 최전선에 복무하고 있는 사람이지만, 그는 삶의 균형감각을 잘 유지하고 있는 사람이다. 그는 세상을 잘못 만나고 선배를 잘못 만나 이렇게 살고 있는 거지 그렇지 않았

다면 시를 쓰며 농사를 짓거나 어느 시골 마을의 면서
기라도 열심히 하고 있지 않겠냐고 웃으며 말하는데 실
제로 그것이 솔직한 그의 심정일 것이다.

그는 지금도 촛불집회의 '눕자' 행동대원이고 용산
학살의 현장을 찾아가고 미디어법 반대집회를 하고 4
대강 개발 저지 사업 등 우리 사회의 민주와 인권, 자유
와 정의에 반하는 사건의 중심에서 바쁘게 살고 있지만
그런 현실의 말미에는 90세가 넘은 어머니와 고향이라
는 생명의 근원에 대한 애틋함과 사회적 약자들에 대한
연민이 따라다닌다. 그렇지 않고야 그의 바쁜 일과로
보아 어찌 지금껏 시를 버리지 않고 있었겠는가.

사실 그는 시를 삶의 정면에 두고 써온 사람은 아니
지만 사회적, 정치적 사건의 급박한 상황 속에서도 시
를 놓지 않았기에 쉽게 현상에 휘둘리지 않고 균형을
잃지 않은 바른 판단과 행동을 할 수 있었을 것이다. 다
시 말하면 끊임없이 현실문제에 경사될 수밖에 없는 일
상의 한쪽에서 균형의 저울추를 붙들고 있는 것이 그의
시였을 거라는 생각이다. 시의 역할과 기능은 다양하지
만 이학영의 시를 보니 그에게 있어서 시는 일차적으로
개인의 성찰과 수행의 기능으로 있었던 듯하다. 그리고
사회의 많은 현상과 문제에 대해 객관적이고 현실적으

로 대응하면서도 끊임없이 인간의 본질적 자의식을 바탕에 둔 문제의식을 가지고 대응했다는 생각이 든다. 사회적 실천이라는 삶의 퇴적층에 자기완성이라는 존재적 사유들을 놓치지 않고 끼워 넣어 한 인간의 아름다운 퇴적층을 만들고 있는 것이다. 그의 시를 보면 그렇다는 것이다.

어쨌든 이학영은 문단에서 좀 생소한 시인이다. 1984년엔가 실천문학의 『시여 무기여』라는 14인 신인작품집을 통해 문단에 얼굴을 내밀었는데 그것도 가면을 쓰고 나타났었다. 이학영이 아닌 '권만기'라는 이름으로 시를 발표한 것이다. 아마도 '남민전' 등 통일운동과 민주화운동의 최전선에서 조직 활동을 하고 있을 무렵일 것이다. 이후 그는 한 해도 쉬지 않고 오늘날까지 일선에서 우리사회 변혁운동에 복무하고 있지만 시인의 얼굴로는 아니었다. 그의 동지였던 김남주 시인이 문학이라는 옷을 입고 혁명을 꿈꾸었다면 이학영은 문학이라는 배경 대신 자기성찰과 자기정화의 도구로서 시를 쓰고 있었던 듯하다.

그래서 이학영의 구체적 삶이 늘 우리 사회의 크고 작은 정치, 사회, 문화적 사건에 관련되어 있으면서도 그의 시에는 그런 구체적 사건과 그것을 배경으로 하는 시는 많지 않다. 그에 있어서 시는 자기의 성찰과 정화의 기능으로 작용했기 때문이다. 그래서 그의 시는 자신의 구체적 삶을 걸러 개인의 내면으로 발효시킨 독특한 서정을 획득하게 된다.

나날이 잊혀져가고 있구나, 나는
오늘도 변함없이 지는 해를 보내며
또 한 차례 그림자 같은 기다림을 버린다
저렇게 뒹구는 숱한 몸짓들도
한때는 눈부신 열정이었으리라
헤드라이트가 빠진 채 나뒹구는 자동차보다도
내 눈자위는 너무 깊고 캄캄하구나
돌이킬 수가 없다
한번 흘러가버린 것들은 그 무엇도
다시는 제 모습 제 자리로 돌아갈 수 없다
누가 한때의 영광을 기억이나 하랴
차라리 썩지 않음으로 비참하여라
까마귀 떼 내리듯 어둠의 그물이 내린다
썩어 흙으로 돌아갈 수 없는 영혼들은
이제 영원히 안식을 찾지 못하리라

학살당한 주검처럼 한때의 욕망에 살해당한 것들
죽어서도 서로의 상처에 칼날을 들이대며
계곡 가득히 울부짖고 있는 것들
나도 이렇게 점점 잊힌 것이 되어
허물어지는 얼굴을 감싸 안고 있구나
이제 아무런 회신이 없어
먼 무중력의 궤도 위에 버려진 로켓처럼
나는 또 어느 텅 빈 우주의 회랑으로 흘러갈거나

– 「쓰레기 매립장에 와서」 전문

　이 시 속의 화자는 매립되는 쓰레기를 보며 묻혀가는 지난 세월의 영욕과 함께 자신의 현재를 돌아보고 있다. 정권의 욕망에 의해 학살당한 자도 학살한 자도 계곡 가득히 울부짖으며 매립되는 쓰레기처럼 잊혀지는 세월 앞에서 자신 또한 잊혀지고 있는 것을 본다. 이학영의 시는 이처럼 자신의 성찰로 존재하는 경우가 많다. 그리고 그 성찰은 단순히 반성의 차원이 아니라 자기 존재에 대한 깊은 인식으로 연결되어 있다. "무중력의 궤도 위에 버려진 로켓처럼/나는 또 어느 텅 빈 우주의 회랑으로 흘러갈거나"에서처럼 깊은 허무를 동반한 존재의식을 통해 그는 자기 현실을 다시 반추한다. 이렇게 단련된 그의 현실인식이 있었기에 그가 사회적 실천에 복무하면서 건강하고 진정한 힘을 가질 수 있었던 것이다.

좀 더 말하면 그는 매일 많은 사람을 만나는 바쁜 생활을 하면서도 늘 깊은 어둠 속에 혼자 있는 외로움을 견뎌야 하는 사람이기도 했다는 말이다. 사실 이 외로움은 존재의 본질적 영역에 있는 것이어서 영혼을 스스로 강화시켜주는 것이고 문학의 바탕이 되는 것이고 삶을 극복하게 해주는 것이다. 외롭지 않은 자가 이 세상의 무엇을 사랑할 수 있을 것인가. 다음의 시도 이러한 점을 뒷받침 해주는 시다.

이런 날이면 도심은 빈 우주선이다
불 꺼진 건물들만 비를 맞으며
발사 시간을 기다리는 듯
부동자세로 서 있다
해가 져도 눈에 파란 불을 켜며
일어나는 짐승들도 없다
내려다보이는 옥상들이
파젯날 마당보다 슬프다
되돌아보지 않는 기억처럼

녹슨 것들만 버려져 비를 맞고 있다
사람은 가고 흔적만 남은 공간들
다시는 마주볼 수 없는 눈빛만
유령처럼 허공에 남아 흔들리느니
텅 빈 내 육신의 집 수습하여
이제 또 어느 세상으로 날아갈거나

- 「서울 편지 2」 전문

'쉬는 날 사무실 창가에서'라는 부제가 달린 시다. 바쁜 나날 중 어느 쉬는 날 텅 빈 사무실에서 창밖으로 비가 오는 서울의 도심을 바라보는 화자의 모습이 그려진다. 사람은 가고 없고 혼자서 텅 빈 건물들과 옥상에 버려진 녹슨 것들을 보고 있는 그에게 존재의 바닥에 있는 허무나 외로움 같은 것들이 밀려오는 것이다. 한 시절을 같이 한 동지들이 죽거나 훼절하여 세상과 멀어지고 자신과 멀어지는, 그래서 세월의 녹만 가득 끼어 비를 맞는 자신의 현실을 깊게 들여다보는 것이다. 이는 패배의식 같은 것은 아니다. 구체적 현실과 그 삶이 거느리는 욕망의 폐허를 보는 것이며 그 어디쯤에서 서성이는 우리 모두를 보는 것이다. 우울할 정도로 깊은 자기 성찰의 한 순간이다.

이러한 성찰을 통한 자기 정화의식으로서의 시는 불의와 절망의 현실에서도 늘 희망을 놓지 않게 한다. 도법스님을 중심으로 활동하고 있는 생명평화결사의 대사회적 슬로건이 '세상의 평화를 원한다면 내가 먼저 평화가 되자' 이다. 이것은 진정한 나의 정화가 평화이며 그것으로부터 세상이 정화(평화)된다는 말이기도 하다. 나의 잘못과 부정함에는 관대하면서 세상의 부정함에만 분노하고 싸우는 것으로는 나를 세워낼 수는 있지만 궁극으로 세상을 변혁할 수는 없는 것이다. 이학영은 이것을 깊이 인식하고 있으며 자기정화를 게을리 하지 않고 몸으로 살고 있는 사람이다. 그리고 그 자기정화는 죽은 동지들이나 그들과 함께 했던 시절, 엄혹한 진실 하나로 버텨야 했던 절망의 시절, 그때의 마음을 잃지 않으려는 것으로부터 얻게 된다.

누워 있으려니
문득 산중 한가운데
고적하게 등 구부리고 있을
그대, 모습 그 뒤로 내리는
눈발을 본 거였지요
부랴부랴 길을 나섰습니다

두계 지나서던가요

정말 눈이 내렸습니다

곧이어 어둠이 창을 덮고

낮은 처마 아래

불빛들만 보이는 거였어요

모두 병아리마냥

다스운 가슴 붙안고

한 시절을 지나고 있었어요

평생 가슴에 불 한번

지펴보지 못한 것들만

글썽이는 눈물처럼

차창에 흔들리고 있었어요

눈물 한 방울 보일 수 없는 나

그리워할 그 누군가가

있다는 것만으로도

내내 축복 받아야 한다는 것처럼

눈이 내리고 있었어요, 하여

이렇듯 한밤을 달릴 수밖에요

－「고적한 날」 전문

이 시 속의 화자는 제목처럼 정말 쓸쓸하고 외로운 어느 날 죽은 동지가 생각난다. 추운 산 속에 홀로 묻혀 있을 벗을 떠올리자 견딜 수 없는 그리움에 밤기차를 탄다. 차창 밖으로 따뜻한 집들의 불빛을 보고 평생 고생만 했던 벗의 눈물을 떠올리며 나는(화자) 눈물을 흘릴 수 없다. 그의 죽음에 답하는 삶을 살아야 하기 때문이다. 다만 차창 밖으로 내리는 눈만이 위로해준다.

이 시의 풍경은 죽은 자와 그와 함께 했던 시절이 화자를 정화시키고 있는 대목이다. 이런 정화작업이 이학영의 현실을 이끌어 가는 힘이고 내면을 강화시키는 근원이다. 다음의 인용시를 보면 위의 「고적한 날」에 이어서 기차 속에서의 화자의 생각들을 더 깊게 그리고 구체적으로 들여다 볼 수 있다.

늘 어둠 속에서 만날 수밖에 없었구나
밤늦은 시간, 낯선 역 빈 대합실에서
호야등불처럼 환한 얼굴로 다가오던 너
저 가이없는 들판 끝없이 따라오며
억새풀 마른 손짓으로 흔들리고 있구나
때론 노랗게 떨어지는 은행나무 잎사귀
그 위에 서 있는 것만으로도 휘황했고, 때론
창날처럼 앞가슴을 찌르며 달려드는 눈발에

벌겋게 피 흘리며 울부짖기도 했던
감당할 수 없던 우리 운명의 물굽이에서

너, 정정한 떡갈나무 검은 줄기처럼
드러나지 않아도 어디선가 윙윙거리며
찬바람 부는 세상 한 켠 붙들고 서 있어줄 때
무언가 기다릴 수 있다는 것만으로도
한 생生이 얼마나 위대할 수 있는가를 알았다

오늘, 겨울비 내리고 길도 저문 날
요령소리처럼 하늘가에
검은 새떼 떨어져 내리는데
이제 너 없는 세상에서도
기다릴 무엇이 또 있다는 것인지

빗발 내리 비끼는 유리창에 이마를 대고
뜨거운 것 치밀어 오르는 목구멍 깊숙이
마른 김밥 꾸역꾸역 잘도 삼키고 있구나
뼛속까지 내리는 비, 오한에 떨며
더는 그리울 것도 위대할 것도 없는
눈 먼 이 어둠의 세상 한 켠을 지나가고 있구나

　이렇듯 이학영은 현실의 투쟁적 국면에서 과거의 동지들과 함께 했던 시절과 그때의 마음들을 반추하며 현재의 자신을 끊임없이 정화시킨다. 그래서 그의 그리움은 그의 정화작업에 다름 아니다. 바쁜 일상의 한 순간 순간에 틈틈이 끼어드는 이런 시간을 차곡차곡 쟁여서 그는 독특한 자기 서정으로 발효시켜낸다. 그래서 이학영 시의 서정에는 독특한 울림이 있다.

　그리고 이학영은 꾸준히 사회변혁운동을 해온 사람이지만 이러한 자기 성찰과 정화를 통해 스스로를 단련시키고 수행해 왔기 때문에 현실에서도 그 개인적 희망이 무척 단순소박하다.

　일을 끝내고 돌아오면 아이를 자전거 뒤에 싣고/(중략)/알록달록한 모자도 하나 곱게 씌워서/저녁나절 변두리 들길을 달리고 싶습니다/(중략)햇살이 자가웃 남짓/서녁 하늘에 남아 있을 때쯤이나요//(중략)/살짝 스치고 지나가는 제비 날갯짓에 제라서 놀라/(중략)/이 해 어스름에 어딜 가냐고 묻기도 하겠지요//그러면 아직 말도 다 못 배운 아이 녀석이/제라서 괜시리 무-

무- 하며/대답인 듯 옹아리를 하기도 하겠지요//시오
리 산 너머 길 학교에서 돌아오다/똥소매를 준 무를
뽑아먹고/채독이 걸려 퉁퉁 부은 얼굴로 나뒹굴던/언
덕 저편으로/(중략)//노랫소리에 어느덧 잠이 들어/아
이의 기댄 얼굴이 등에 다스웁고/보랏빛 하늘 저 편으
로 별 하나 떠오르면/가던 길 자전거 바퀴 다시 돌려
세우며/바라보면 들녘 한 가운데 새로 선 아파트가/신
기루처럼 허옇게 떠오르기도 하겠지요/등불처럼 부끄
러운 얼굴을 들고/저녁 지은 아내가 나와 기다리고 있
겠지요/녀석을 뒤에 싣고 막힘없는 세상의 길을/한없
이 달리고 싶은 내 소망은/오늘도 노을처럼 하늘 한켠
에 걸려 있습니다

- 「노을 지는 들길을 아이와 함께」 부분

비교적 긴 시인데 그의 소망이 잘 채색되어 그려져
있다. 읍 정도 되는 어느 시골에서 소박하게 가정을 꾸
리며 사는 모습이다. 서울이라는 도시에서 많은 정치사
회적 문제의 소용돌이 속에 있으면서도 내면의 한 구석
에 이런 그림을 깊게 품고 사는 사람이 이학영이고 그
것이 그의 소망이다. 한마디로 '단순 소박한 삶'을 지
향하는 자의 그림이다.

사실 '단순 소박한 삶'은 우리 시대의 화두로 떠오르고 있는 담론의 주제이기도 하다. 21세기에 들어서 전 지구적 시대정신은 현실자본주의에 대한 회의로부터 시작한다. 물량주의, 속도주의, 경쟁주의, 편의주의, 개인주의, 국가이기주의 등 많은 현재의 구체적인 문제의식들은 모두 경제적 상황인식에서 비롯되며 그 본질은 현실자본주의에 대한 문제의식에 다름 아니다. 현재 MB정권의 개발과 성장이라는 중심지향도 크게는 근대의 지향이고 낡은 개발독재 시대의 방법론이고 이미 30여 년 동안 우리사회 모든 구성원들을 호도하며 상류층이 구축해온 지배논리지만 현재 MB정권은 이러한 낡은 이데올로기로 40%를 상회하는 지지를 얻고 있다. 이것을 어떻게 해석해야 할 것인가? 그것은 근대성에 길들여진 우리가 MB바이러스를 가지고 있기 때문이다. 돈이 적은 것보다는 많은 것이 좋다는 생각, 불편한 것보다는 편리한 것이 좋다는 생각, 손해보다는 이익이 더 좋은 것이라는 생각, 많을수록 빠를수록 좋다는 생각, 경쟁력을 갖추지 않으면 살아남지 못한다는 생각, 이 모든 생각들은 MB바이러스 증상이고 현실자본주의의 총체적 증상에 귀속된다고 봐야 할 것이다.

그래서 이런 현실을 나의 삶의 문제로 받아들였을 때

MB바이러스를 어떻게 치료해야 할 것인가는 매우 중요하고 근본적인 문제로 다가온다. 이 지점이 우리 시대의 새로운 시대정신의 발아 지점이라는 생각이며 그 답으로서 '단순 소박한 삶'이 담론화되고 있다. 현실자본주의는 본질적으로 인간이 가진 무한대의 욕망을 긍정하고 실현하려 하며 철저하게 인간욕망 중심의 사고를 하기 때문에 그 욕망으로부터 파생된 피폐된 영성의 일상을 치유할 수 있는 것은 이 '단순 소박한 삶'이라는 화두를 풀어나가는 데에 있다는 것이다.

어쨌거나 이학영은 그의 균형감각을 가지고 이 흐름을 정확히 타고 있으며 그의 현실 사회적 활동의 본질적 사고도 '단순 소박한 삶'의 물꼬를 터야 한다는 생각에 닿아 있다. 이 '단순 소박한 삶'의 바탕에는 겸애(평등한 사랑), 생명평화, 슬로우 라이프, 모심과 살림, 비움과 나눔 등의 탈자본적 가치가 자리하고 있으며 이것은 이학영이 본래부터 꿈꾸던 것이기도 하다. 그의 이러한 현재를 잘 보여주는 시를 인용하며 글을 맺는다.

세계가 하나의 집안이라면
난 하늘 같은 솥을 하나 걸겠어
한쪽 발은 히말라야 봉우리에 걸치고

다른 한쪽 발은 안데스 산줄기에 걸치고

그 커다란 솥단지에

산봉우리처럼 가득 하얀 쌀을 들이붓고

온 세상의 아이들더러

마른 나뭇가지를 주워오라고 해서

따뜻한 불을 지펴 밥을 지으며

옛날이야기를 해주고 싶어

애들아

만약 우리들의 아버지가 하나라면

이 밥을 지어서

누구는 주고 누구는 굶주리게 하겠니?

누구는 따뜻한 방에 재우고

누구는 길바닥이나 들판에서 추위에 떨게 하겠니?

그 이야기를 들으며

하얀 쌀밥으로 배를 채운 세상의 모든 아이들이

어느덧 쌔근쌔근 잠이 들 테지

하나의 집, 하나의 아버지를 꿈꾸며

내일도 어김없이 주어질

따뜻한 쌀밥을 꿈꾸며

안심하고 깊은 잠에 떨어질 테지

ー「세계가 만약 하나의 집안이라면」 전문

문학들 시선 011
꿈꾸지 않는 날들의 슬픔

초판1쇄 찍은 날 | 2009년 12월 28일
초판1쇄 펴낸 날 | 2009년 12월 30일

지은이 | 이학영
펴낸이 | 송광룡
펴낸곳 | 문학들
등록 | 2005년 8월 24일 제2005 1-2호
주소 | 503-821 광주광역시 남구 양림동 24-18번지 2층
전화 | 062-651-6968
팩스 | 062-651-9690
전자우편 | munhakdle@hanmail.net

ⓒ 이학영 2009
ISBN 978-89-92680-33-2 03810